# ハダカだから

谷川俊太郎
下田昌克

スイッチ・パブリッシング

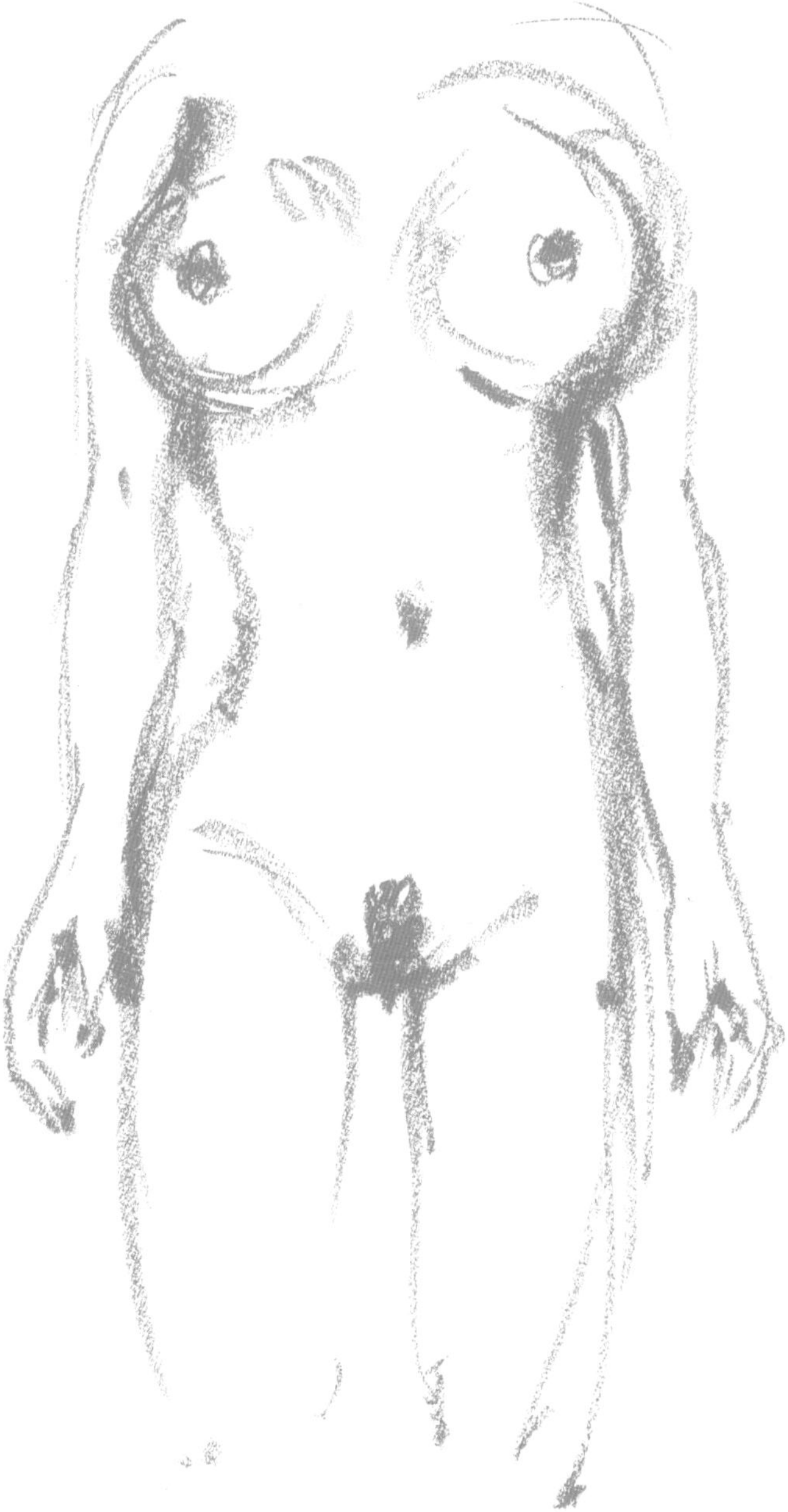

Vaginaノ入リ口デ
ことばタチガ文字文字シテイル
いのちノ洞穴ニ入ッテイクノガ恐ロシイノダ

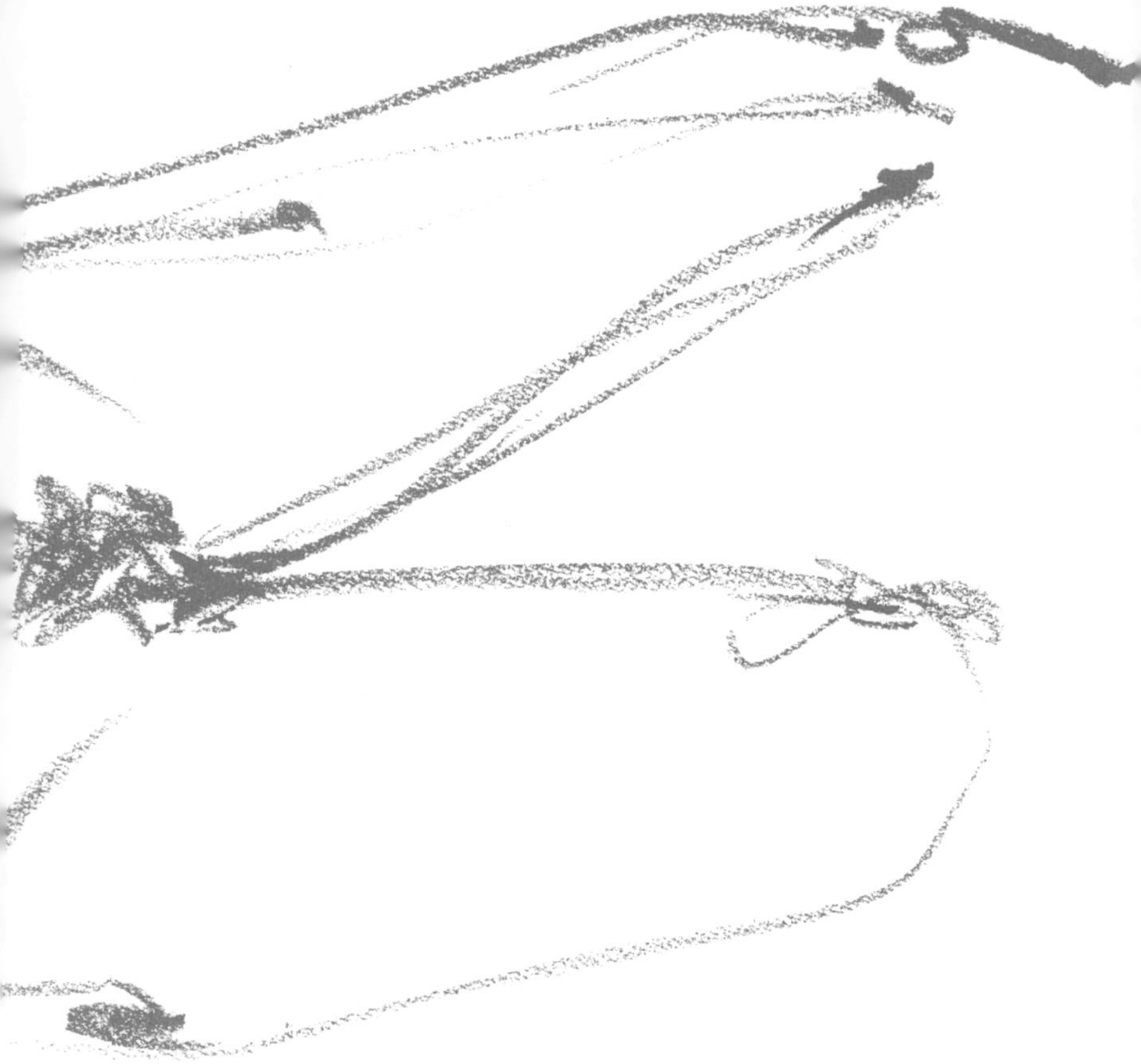

おっぱい　おっぱい
おっぱーい！ト叫ンダラ
遠クノtwinpeaksガにやりト笑ッタ

撫デタ　そうっと
舐メタ　ゆっくり
掴ンダ　ぎゅうっと
からだハ　愛シイおもちゃdeath

## 2

人ハからだニ色々詰メ込ム
赤白黄色pinkにblue　闇ノblack
色即是空トハ言ウモノノ

「去年今年貫く棒の如きもの」高浜鹿子
云ウマデモナクコノ棒ハ男ノ持チ物　女版ハ
「去年今年湛える壺の如きもの」

からだハ元気ニ死ヘ向カッテイル
びくびくシテルノハこころノホウダ
歌ッテイルノハ心臓肝臓オ尻ニあそこ

ワタシがあんどろいどである事を
誰モ信じてくれない
男タチはヒトリ残らずerectしています

わたくしの肉に太古からヒソンデいる海ヲ
ふるさとニシテイル水母たち
ソノゆるやかな動きがorgasmの理想

まずジャコメッティのホネを思イ描ク
それにルノアールの裸を着セル
美術ッテいつまでnudeでアソンデルのかな

見つめれば見つめるほどカラダは痩せていき
ついにはbodyというコトバにまで抽象化スル
ジャコメッティはfreshなfleshも知っていただろうに

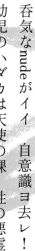

呑気なnudeがイイ　自意識ヨ去レ！
幼児のハダカは天使の裸　性の悪霊はまだカクレテイル
銭湯に於ける老若の♀の群れは神聖で滑稽也

雑誌のページの紙の上のハダカに視覚デハナク
触覚・嗅覚・聴覚で近づくために必要なimaginationのアプリを
お花畑で開発シテいるのは貴女カモしれませんね

喋るのをやめた唇は無言の快楽にウットリする
lipstickではないstickはlipを無視して洞窟の奥を探検している
モノ言わぬマン・レイの巨大なくちびるは誰とkissするのか

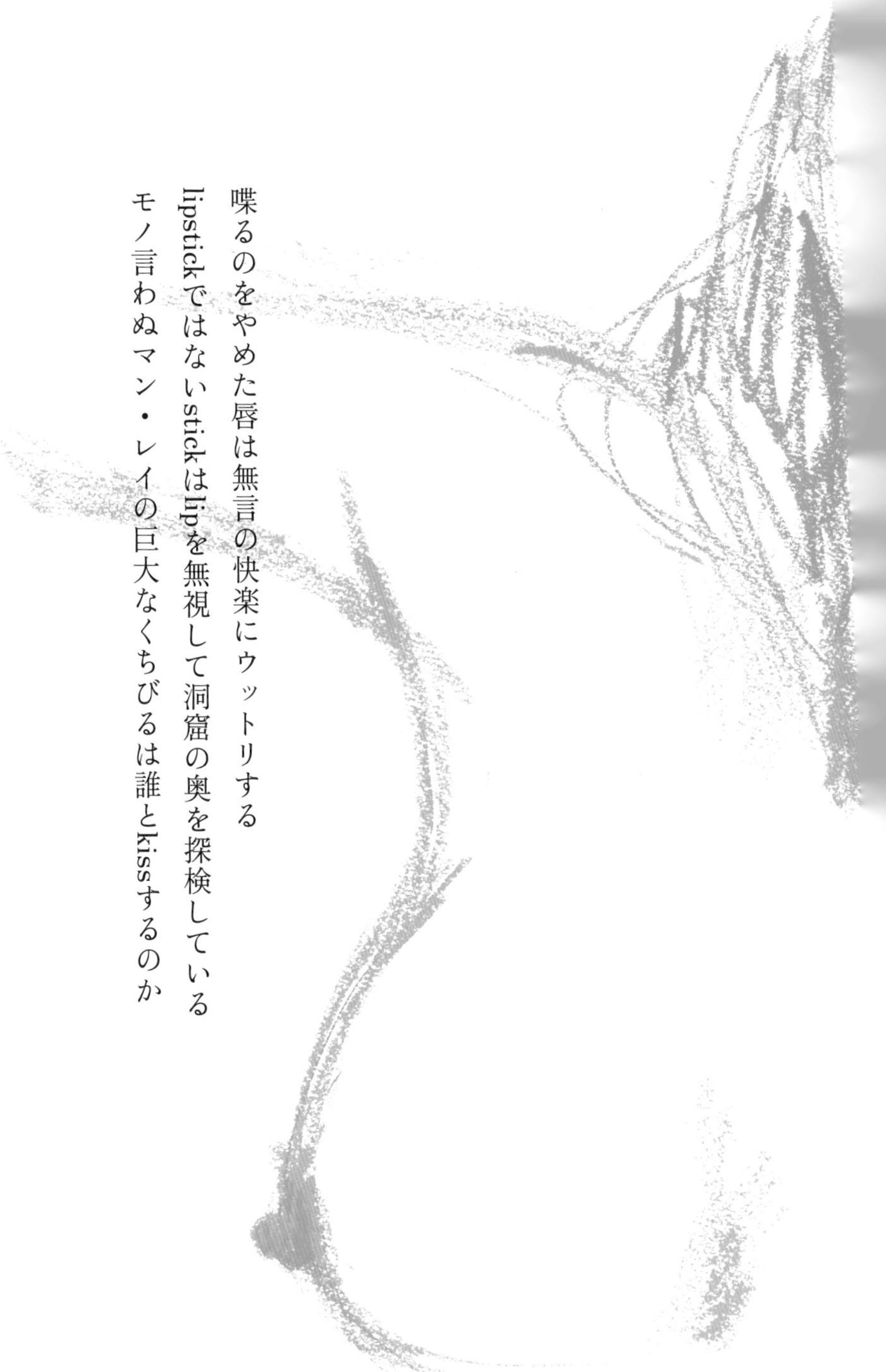

語ってもウタッテモ描いても撮っても敵わない
最高にワイセツなのはホモ・サピエンスのimagination
むっつり助平のアタマの中は昼夜をおかず欲望の噴水

アナタの口の中で私の舌が遊んでいるので
あなたもワタシも愛のコトバを口にすることができません
シカタなく指をあなたのスベスベの胸の上で遊ばせます

コトバを持っていないカラダは主張する
ぬるぬるの自分自身で　こちんこちんの自分自身で
時にはアタマもココロも裏切って

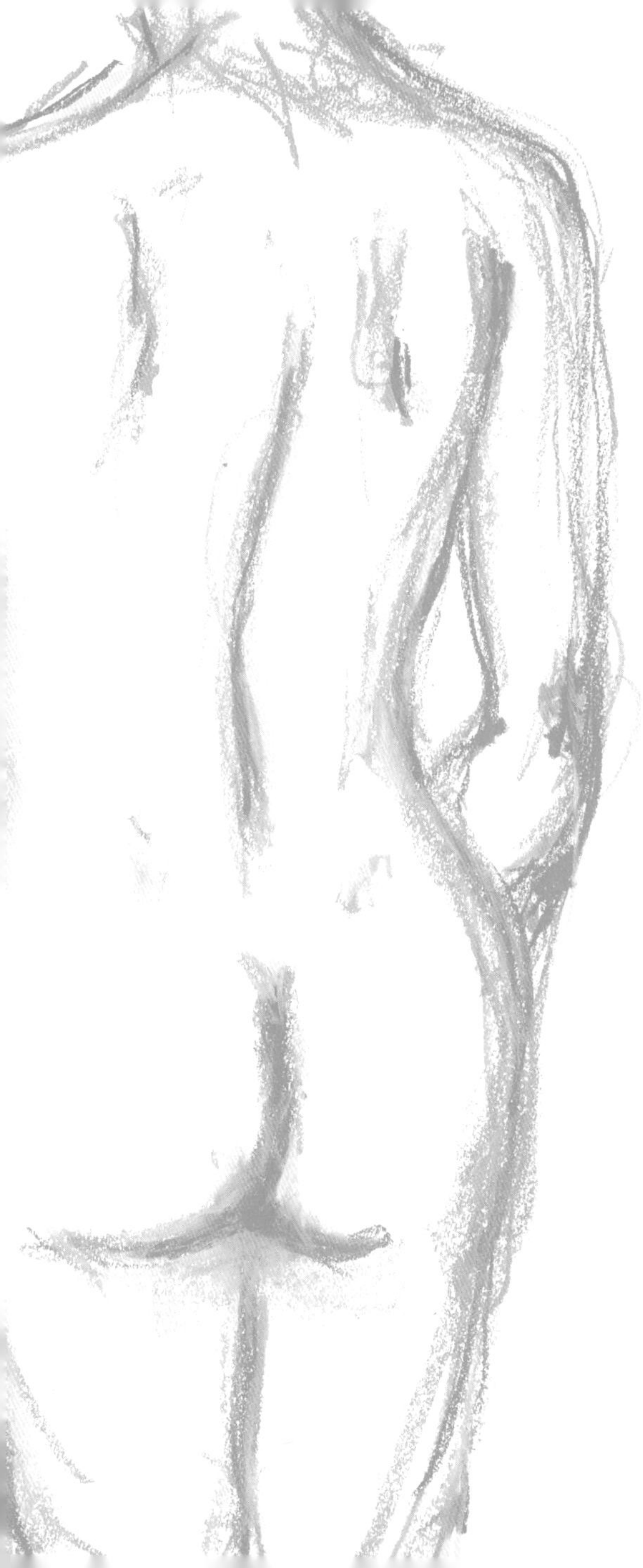

大昔にはケモノだったのにどうしてヒトは隠すのか
隠しても隠しても自然から逃れることはできないのに
ヒトは剃る　ヒトは抜く　ヒトは染める　毛！

暖かくて柔らかくて弾力があって
もしかすると小さな子どもが隠れている
女の腹は男を尻目に据わっている

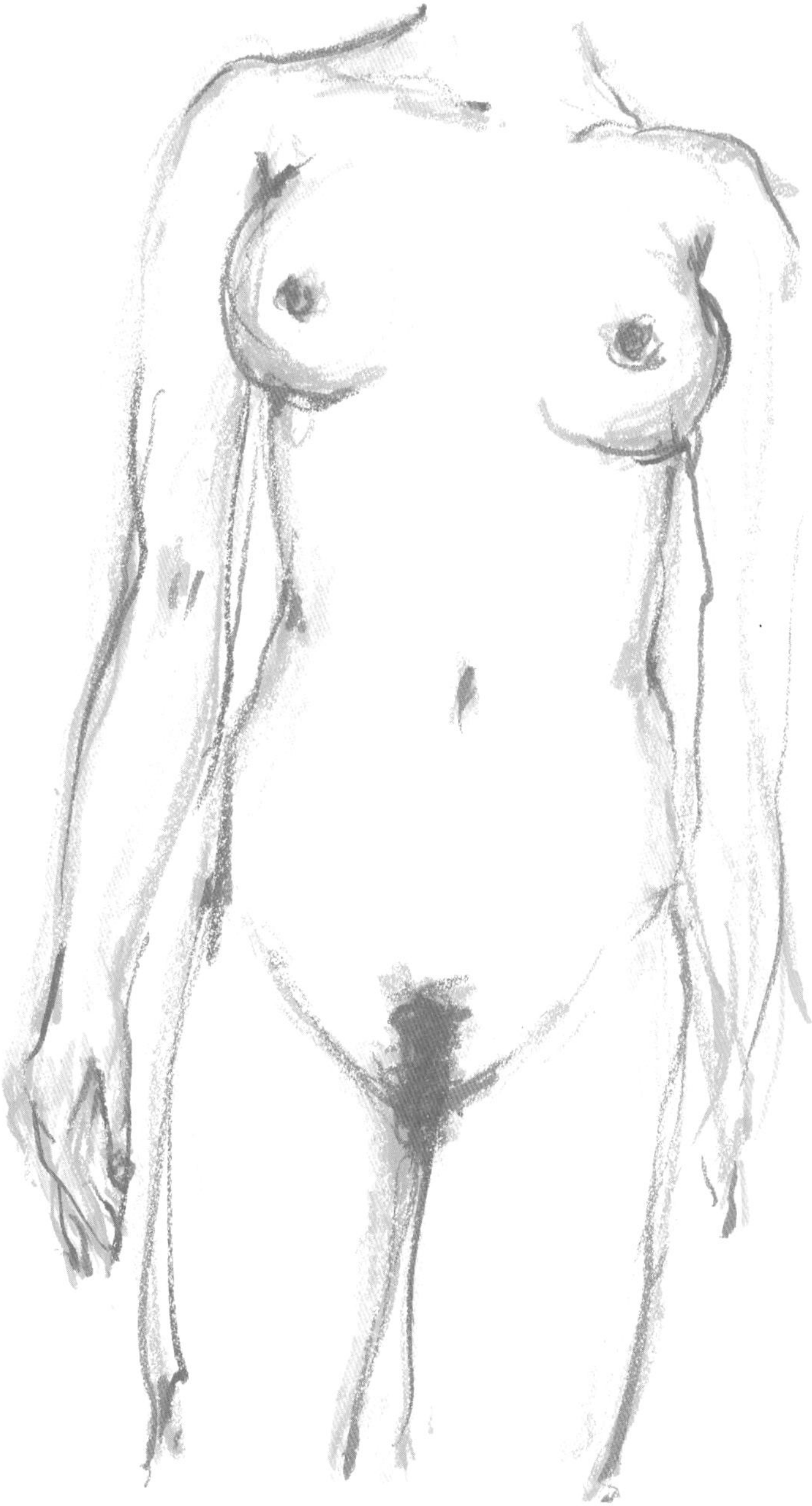

身体というこのムッチリした存在を渇いた言葉でなぞるのに飽きて
手で黙ってサ・ワ・ル指で思いっきりツ・ネ・ル足で粛々とコ・ス・ル
Foreplayなどと名付けたバカは分節不能のこの身体を恐れる臆病者

ハスキーvoiceのおかげでその男は恋に落ちた…らしいのですが
ポリープを切除したら彼女の声はすっかりsexyでなくなった…らしく
ふたりは仲良く巨大都市の地下のざわめきに耳をすましている…らしい

読経のヘテロフォニーに子宮がハモるのよと御年六六歳のdivorcee
快楽の記憶が愛の思い出よりも褪せないのは何故だろう
カラダはタマシヒよりも早死になのだからケセラセラです

8

自分のカラダに飽き飽きすることはあっても
他人のカラダがいつまでも新鮮なのはどうしてかねと祖父は言う
ポルノ映画を二百本も監督してその筋では巨匠という評判
孫娘はウイーンに留学して精神分析医の博士号を取得
久しぶりにその二人が居酒屋で会ってスマホで自撮りしている

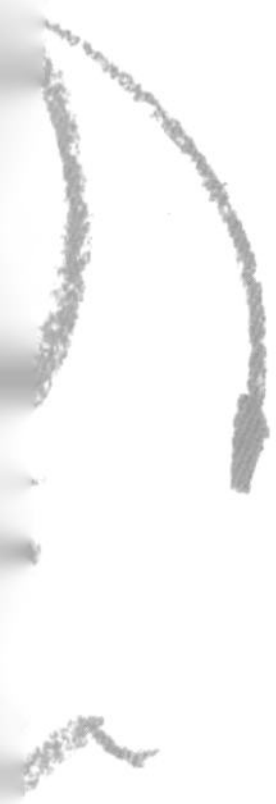

その手の指にそそられるのよと年下の女が言ってくれる
太い血管が河のように手の甲をうねっている
ギターを弾く指は細く長く流線形
彼の方はトランペッターの彼女の頬っぺたに魅せられている

プールでイルカと一緒に泳ぐのがその娘の仕事
恋人は彼女がイルカに抱きつくと微妙に胸が痛む
かすかな嫉妬を感じるんだと言うと娘は喜ぶ
生きもの同士の生死を賭けた太古からのエロスが
ヒトの感情というものを生んだのだろうか

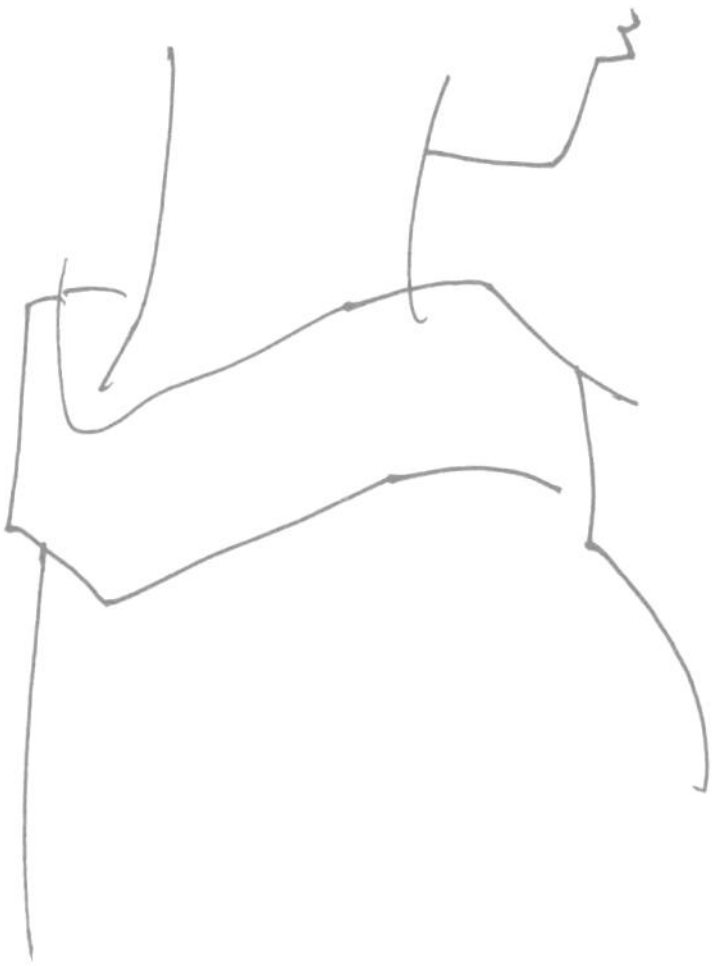

ほんとのハダカをかくしているんでしょ
せんのころもで
でもかぐわしさはころものあわせめから
はんなりと薫っています

靴はもちろんハダシにやきもちやくのです
どんな高価な靴もしなやかな靴もカラフルな靴も
夜の素足が見る夢の豪華絢爛には敵わない

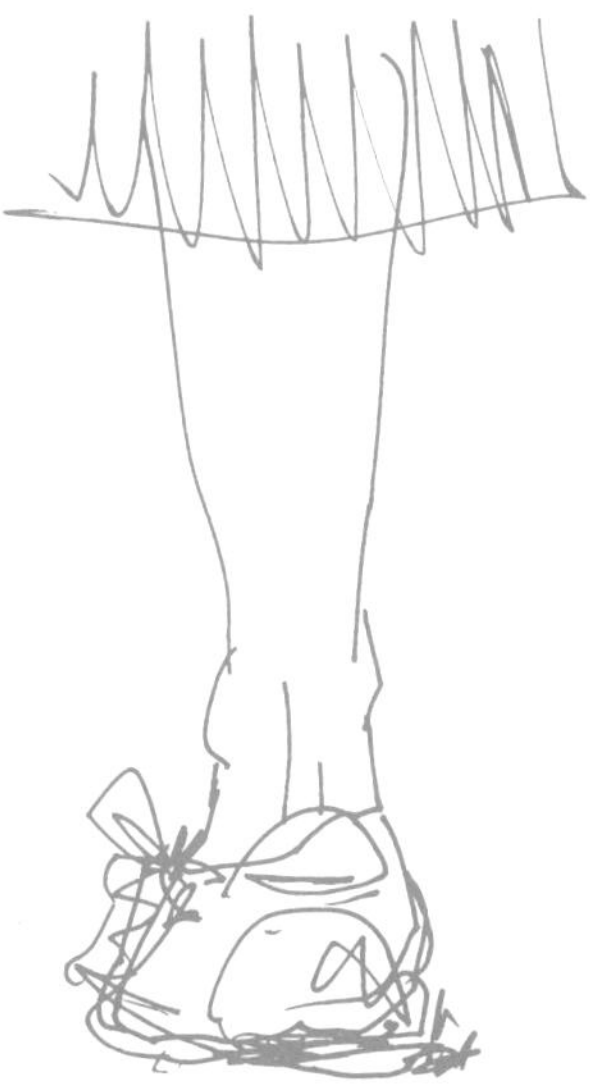

俺しみじみおしっこしてる
上からカラダの一部をしみじみ見てる
ナマコみたいな変な奴だ

ほんもののクチビルはひとりにひとつ
かけがえがない
だがそれを紙の上に移す奴もいる
ただひとつのクチビルが無数に散らばる退屈

舐めることも噛むこともできないクチビルの幻がもたらす
なまなましい記憶
あるいは期待

鼻の穴は洞窟
どんな魔物がひそんでいるのか
自分では探検できないから
やみくもにクシャミで空想を吹き飛ばすしかない

聞くためだけにあるにしては
耳の造形は妙に凝りすぎていて
ヒトの顔の美しさにまたは醜さになんの寄与もしていないから
太古からヒトは仕方なく耳の装飾に精を出している

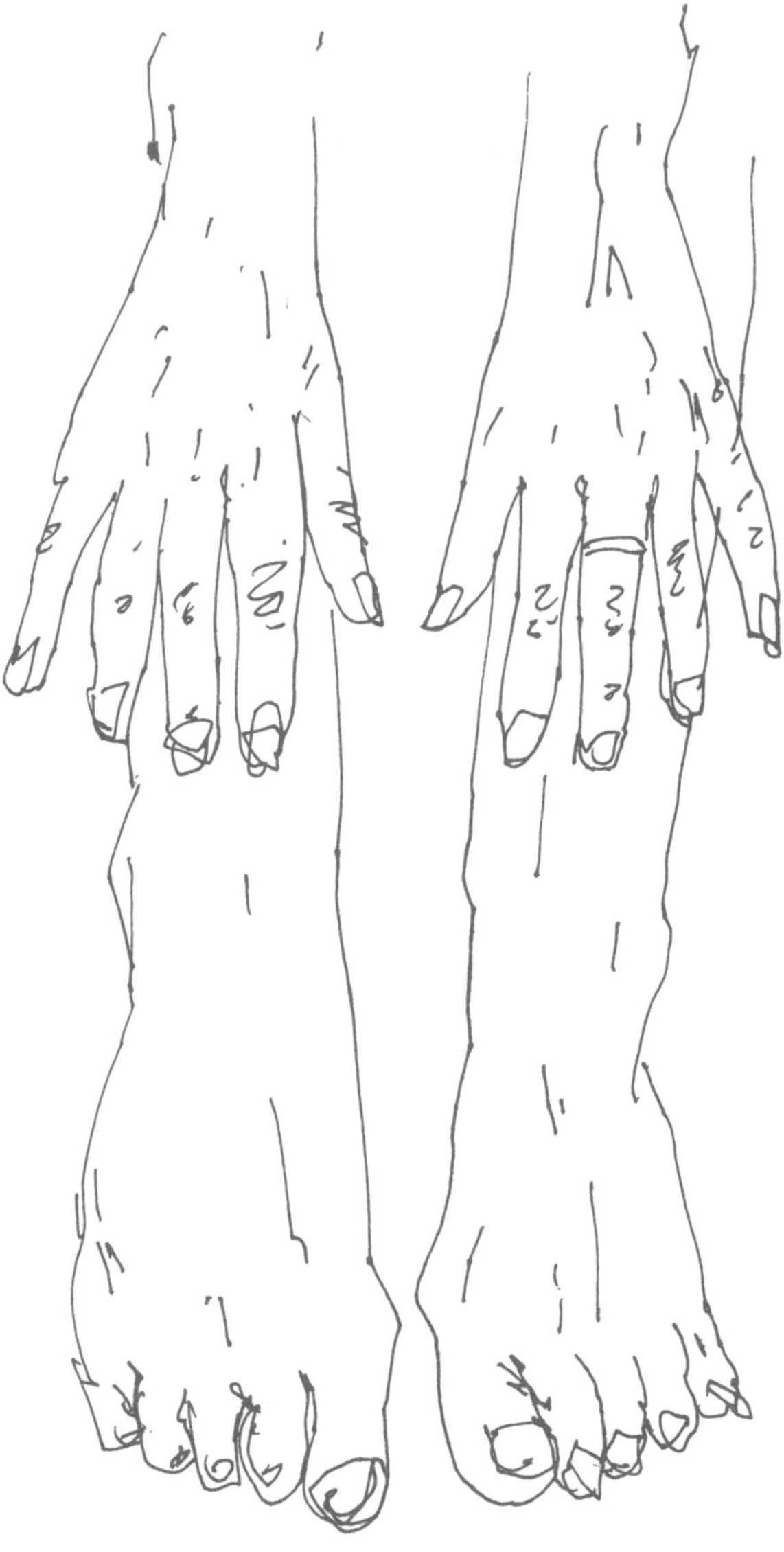

色褪せた写真で可愛い赤ん坊だった母を見た
老いた母の面影がもう浮かんでいる
腹の底のほうから笑いが泡のように浮かんで来たが
そこに訳のわからない涙がひそんでいたようだ

お手々ご苦労さん　あんよお疲れさま
楽しいことしたね　恥ずかしいこともいっぱい
シワがよってシミができて　悔いはありませんか
生きるのに満足しましたか　それともまだ…

愛する者の後ろ姿は見たくないと人は言う
背中には眼も口も鼻もないがそれだけに
言葉では語れない物語を背中は語っている
一生分のひそかな怒りを静かに隠して

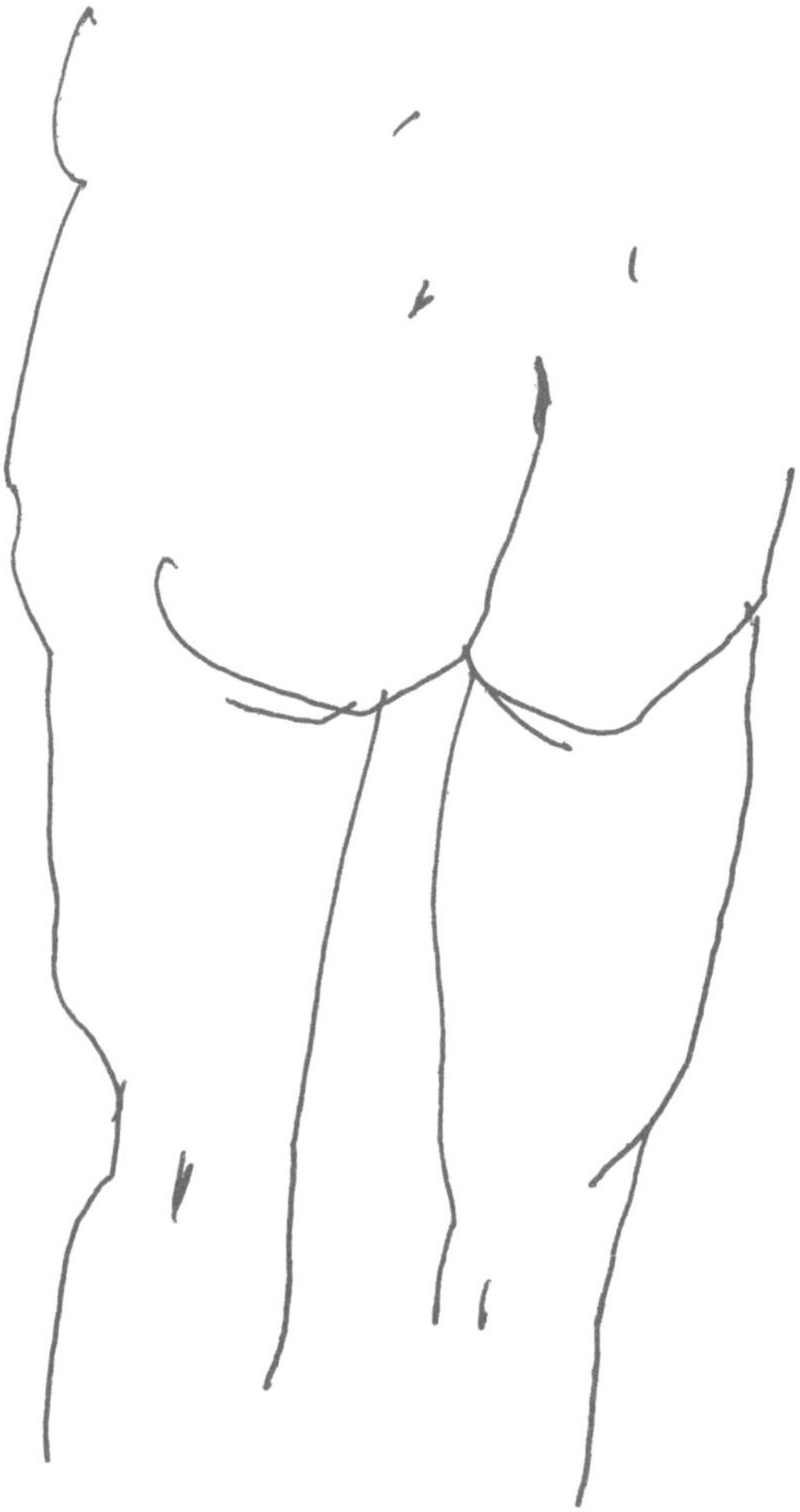

おとうさん　あのひとはどこのだれなの？
おとうさん　あのひとのどこがすきなの？
おとうさん　あのひとはびじんだけど
おとうさん　あのひとはかあさんじゃない

ぼくは　そらをみていたい
ぼくは　どこへもいきたくない
ぼくは　ともだちいなくていい
ぼくは　おんなのひとがおそろしい

わたしは　きらいなひとがいる
わたしは　おとうさんがかわいそう
わたしは　じぶんがわからない
わたしは　いつまでもいもうとがいい

ハダカだから
だからどうなの
どうってことないよ
ハダカだから

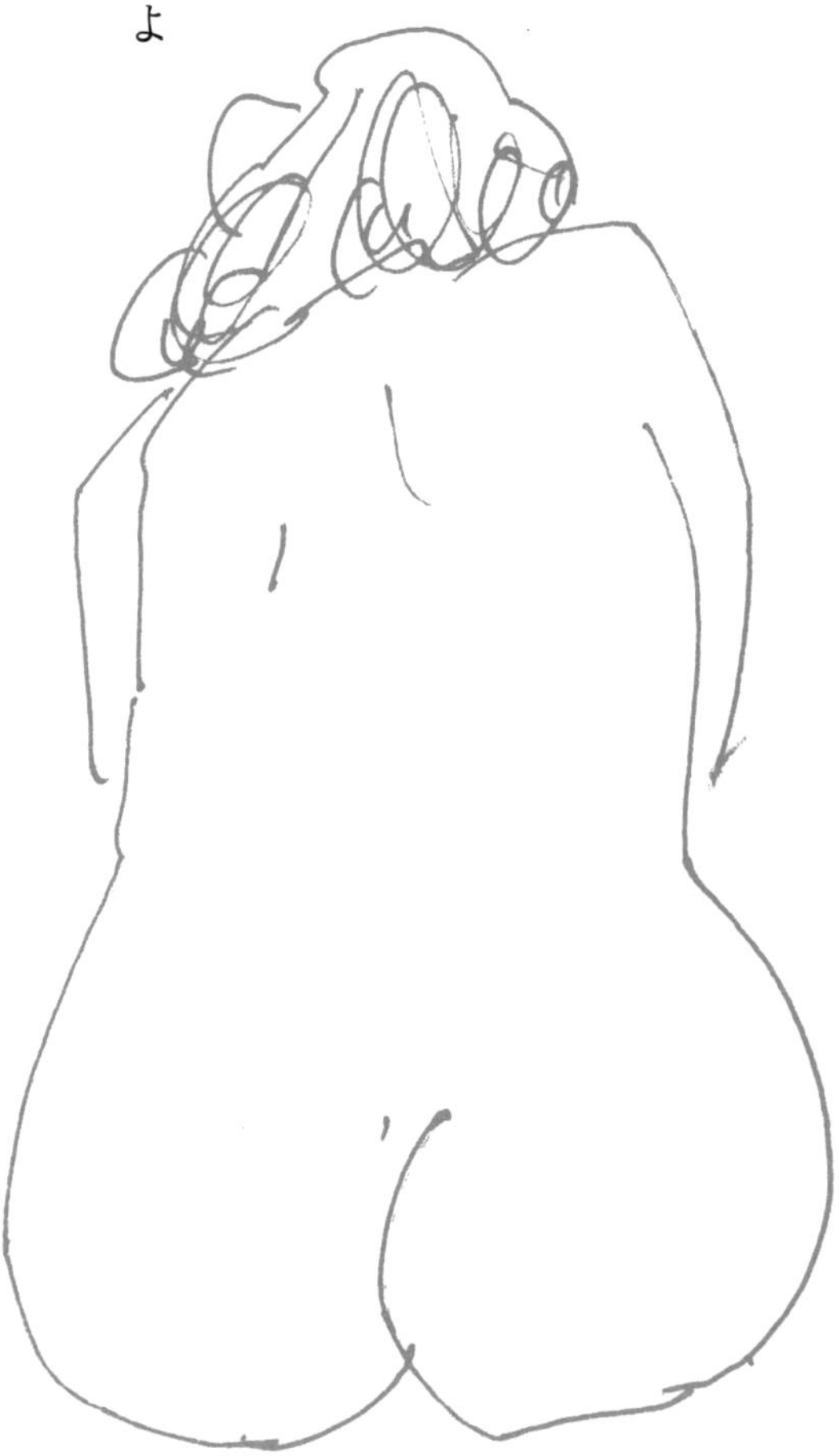

（線は勝手に自分で動きだすんですか？
描き手の気持ちがどこからか線を引きずり出すんですか？
出てくる前には線はどこにいるんですか？
何もないところからたった今生まれてくるんですか？）

ハダカだから
こわくない
あとははくだけ
あとはきるだけ

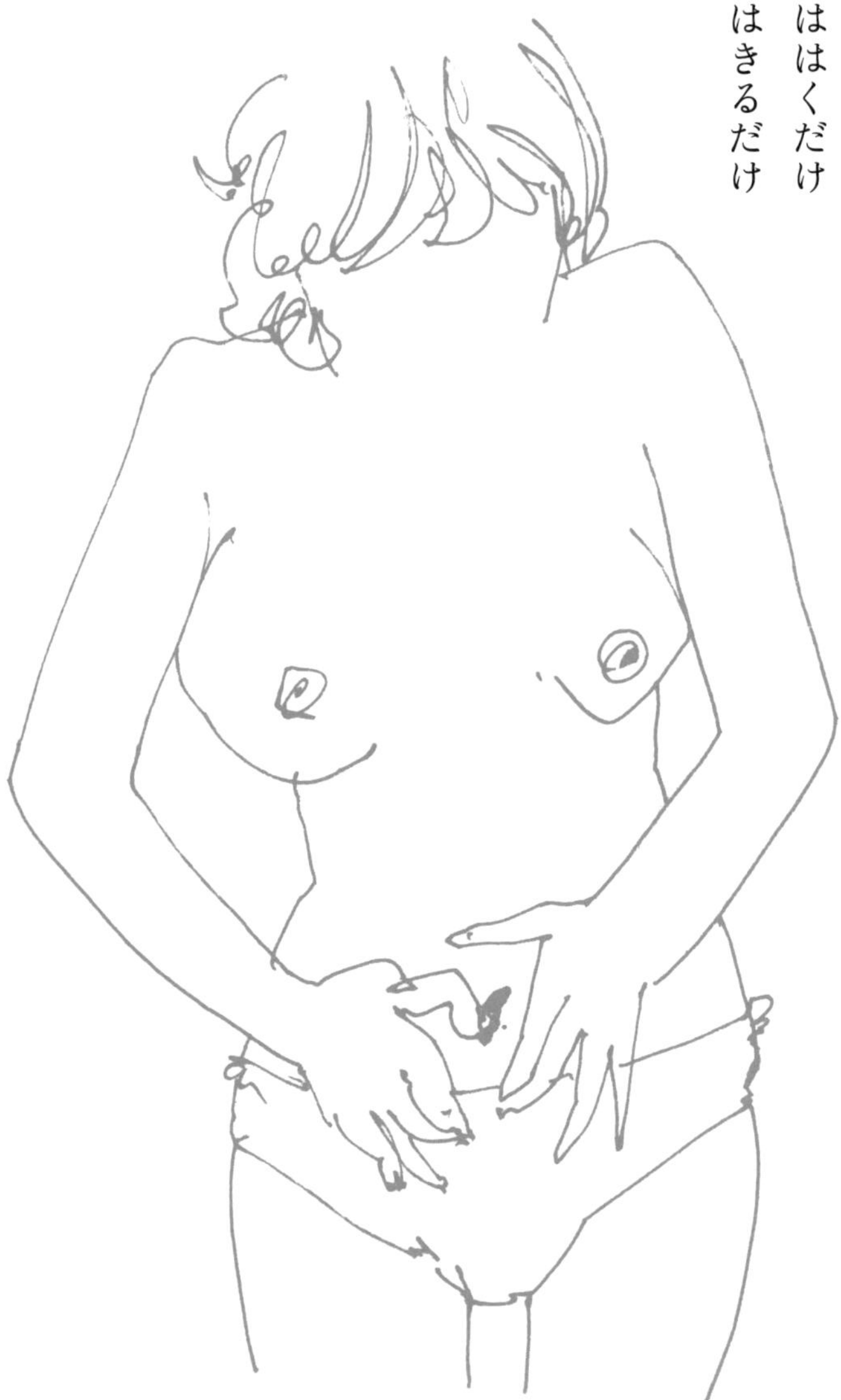

輪郭しか描かないのに線は芸達者だ
放っておくと何にでも誰にでもなってしまう
外側を描いているだけかと思ったらちゃんと内側が見えるから
線は平気で残酷になる

皆さんが口々に何かおっしゃるから
私はもう口は要らないのです
私はカラダで言います一番大事なことを

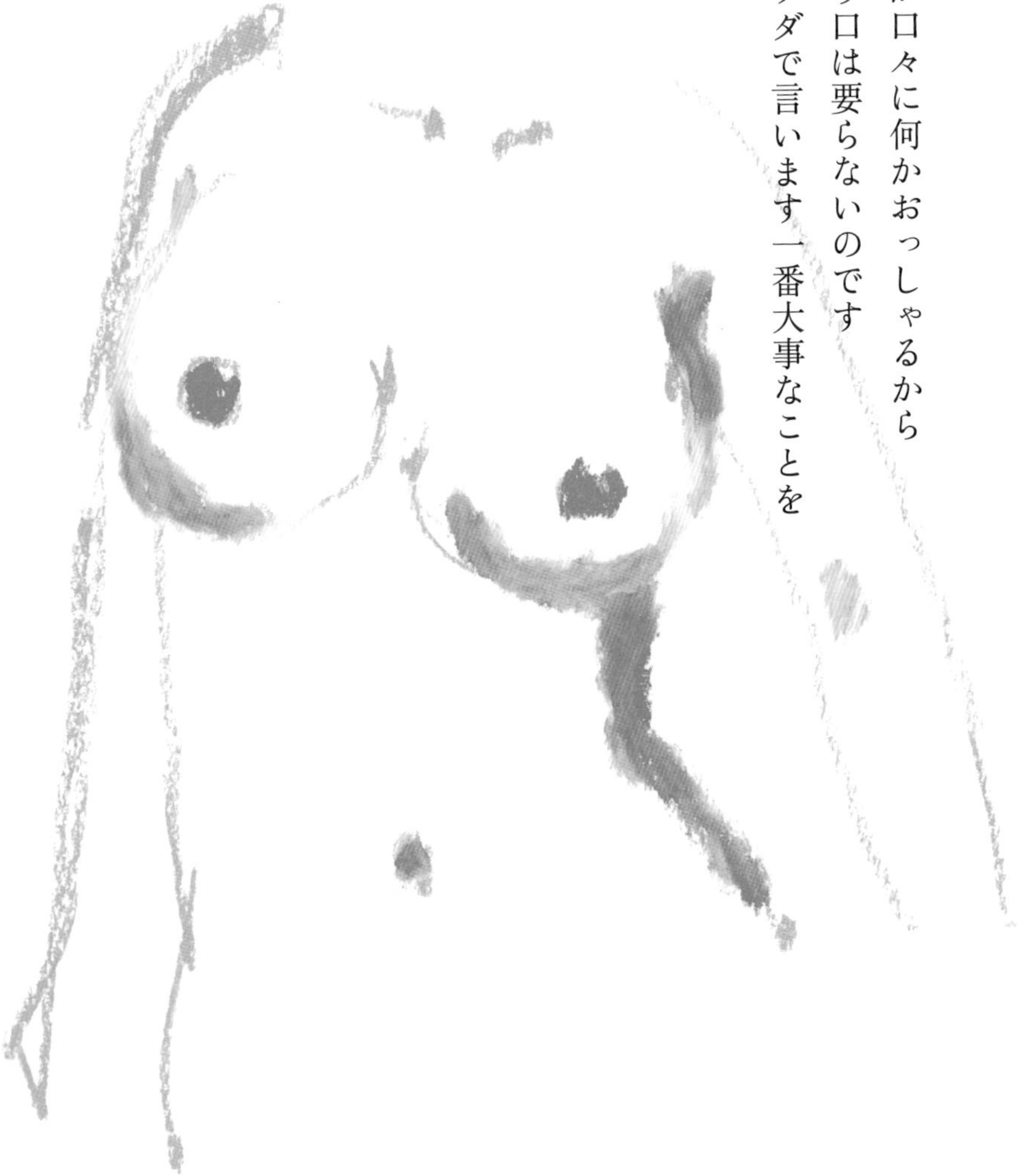

日毎にどんどん軽くなって
アタマは子どもの手から離れた風船のように
入道雲の彼方へふわふわ行ってしまった

でもココロはちゃんとありますよ
どこにあるかは秘密ですけど
実はカラダとココロは仲良しなんです

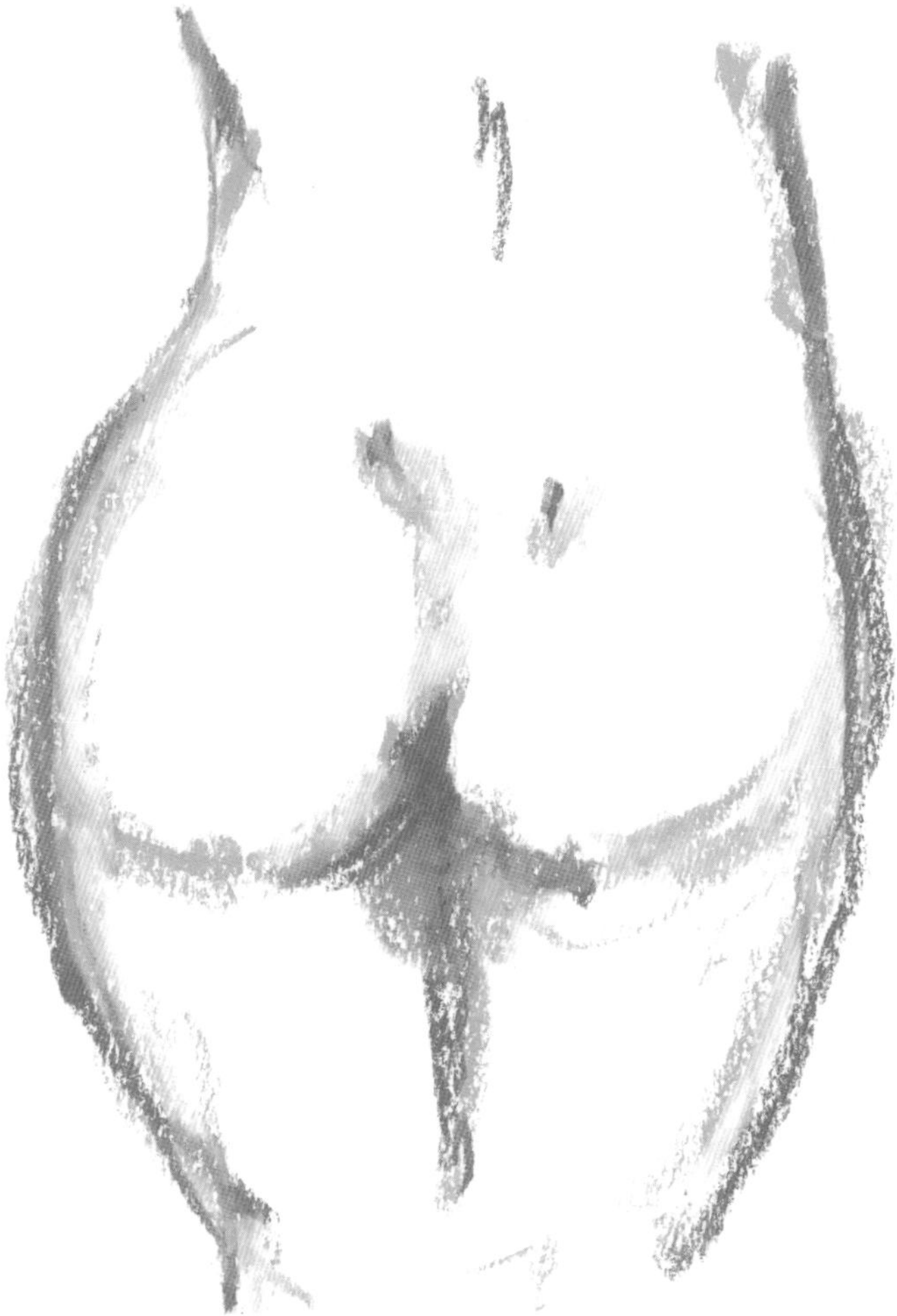

絵はズルイと思う
言葉はアタマがないとお手上げなのに
絵は黙って自分で自分を介錯してしまうんだから

人の体が本だとすれば
表紙はお臍その他がある方で
裏表紙には尻しかない

表と裏を比べると
何故か表が偉そうなのは
表に目や口その他があるからなのか

文字から意味が生まれて本になる
体には胃腸その他がいっぱいあるが
意味は生まれず癌が生じる

本と違って体は生きもの
良かれ悪しかれ泣いて笑って
裏表紙は生命保険の証券だ

女の素肌は見えない視線の夕立に濡れる
匂いたつのは太古に連なるいのち
苔のたぐい茸のたぐい羊歯のたぐい菌のたぐいの
声にならないコーラスを深い密林に聞くがいい

どんなに色を重ねられても肌の質感に紙は怯える
肌は傷つきやすい単色の乾いた表
裏に秘めているものは動脈の赤と静脈の青の織物
体温を求めて画家は紙を引き裂く

臍は未知の通路の入り口それとも出口？
何を運ぶのか誰も知らない
生まれる前の身体だけが気づいていたが
生きるのに多忙ですっかり忘却

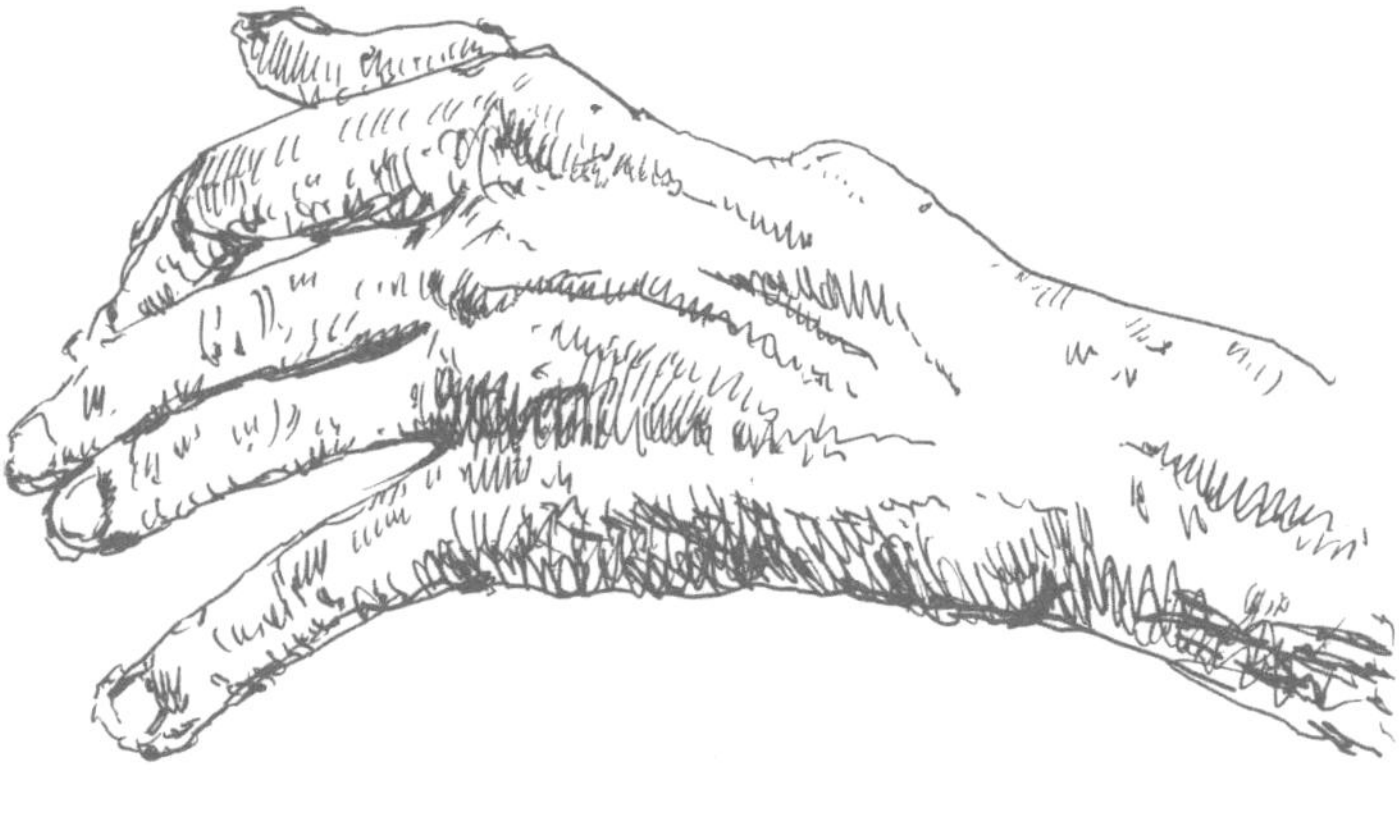

子どもの頃から親に連れられて夏休みに行っていた高原に
鼻曲がりという名の山があった
眺めていただけで登ったことはなかったが
あの鼻の巨人はどんな顔つきだったのやら

ヒトの鼻も大小の違いはあるが
あの山と同じく自然の産物
自分の体も草木とともに鳥獣とともに
自然の胎内からこの世に出現したのだが

手足も体も顔も内臓もすべて
自分の所有と心得違いをしている
体が萎えて衰え動かなくなって
初めていのちのホントの姿に驚くのだ

横に一本線を引けばもう水平線だ
絵描きは一瞬で空と海を創造する
あとは線を自由に遊ばせるだけ

すると見えてくる足尻腿膝指乳首
見える生身に隠れているのは
見えない tenderness

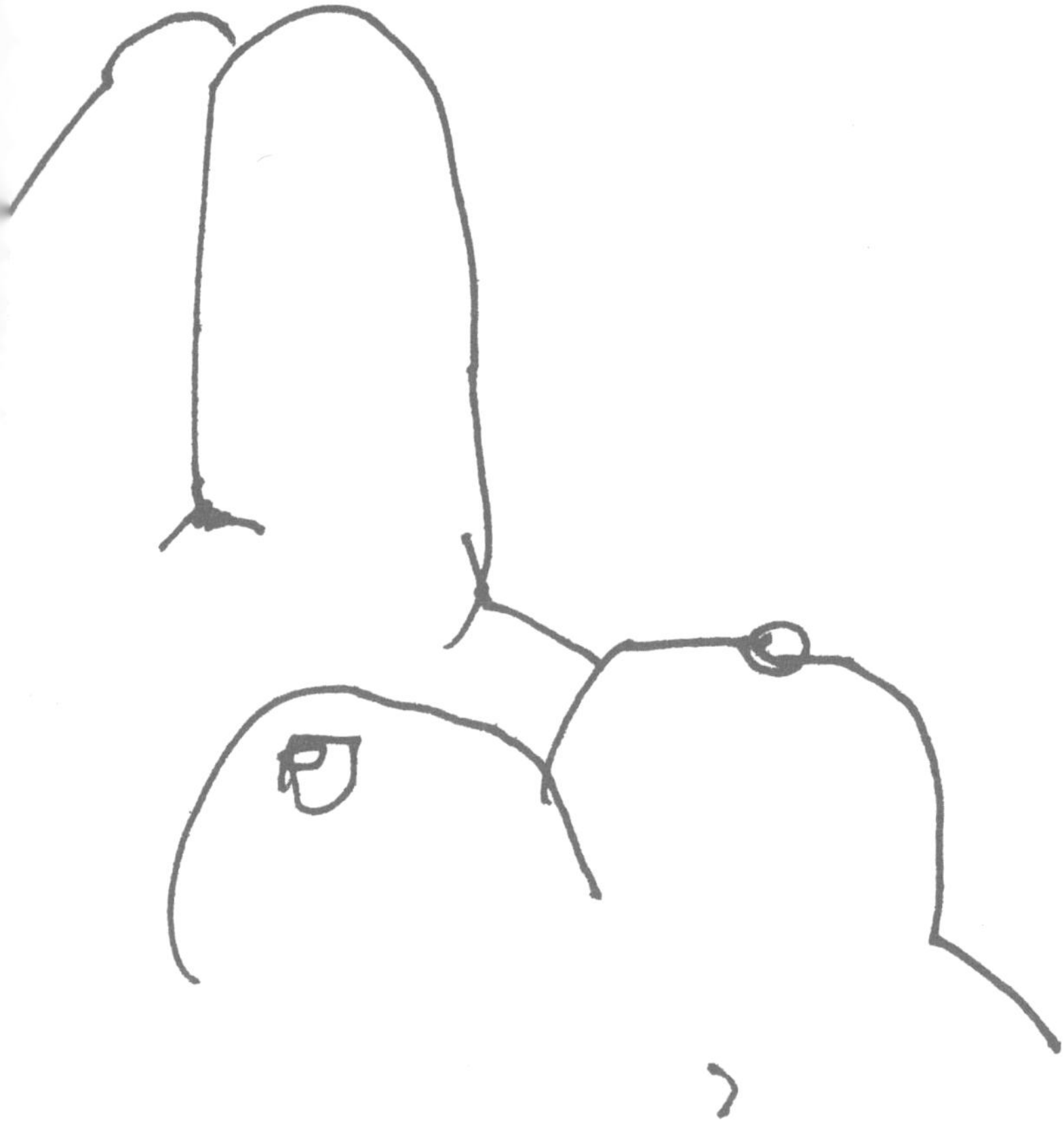

生まれたばかりの線が
乳房の幻を見る者の眼前に出現させる
触れることも握りしめることも出来ない乳房は
老いることも
病に侵されることもないから
束の間の永遠を誇っている

尻と言ってはいけないましてや臀部などとは
お尻と当然のようにおをつけるのは
心の内に自然な崇敬の念があるから
その念が一体いつどこで生まれたのかを
人類学者たちは議論し続けている

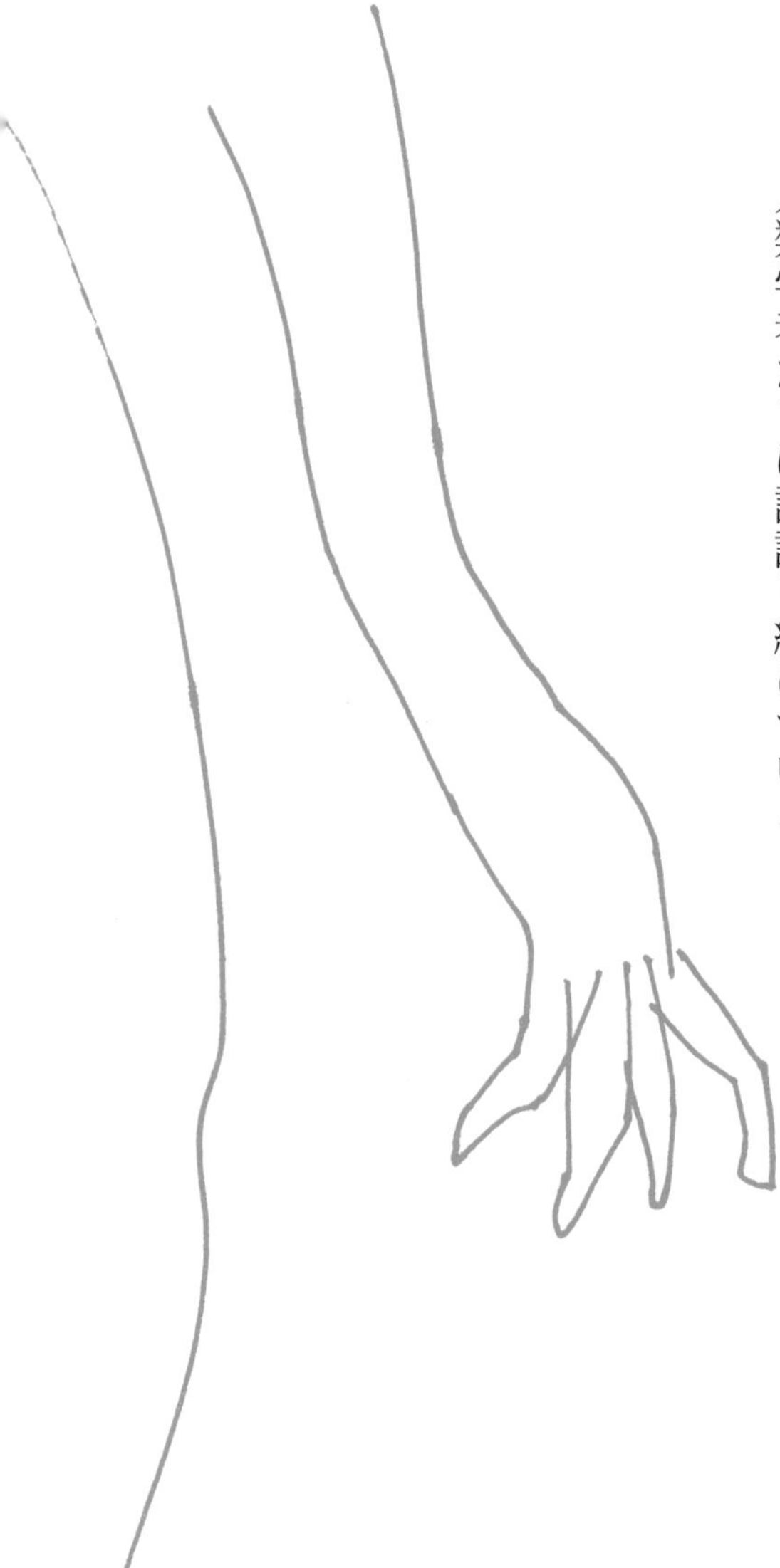

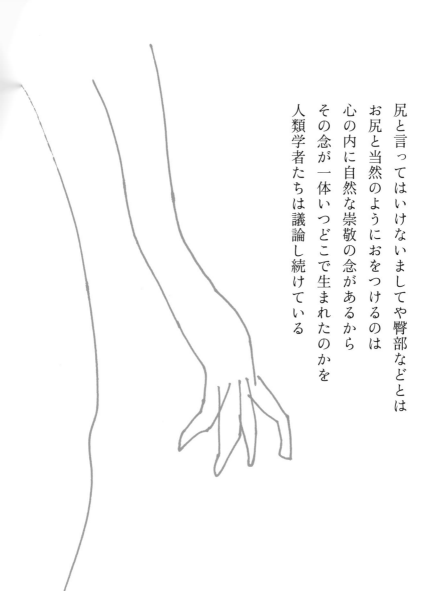

どの指も具体的な機能を持っているが
それ以上にどの指にも個性的な美しさがある
弾く指　書く指　塗る指　しゃぶる指
そして冷たく指す指の恐ろしさ！

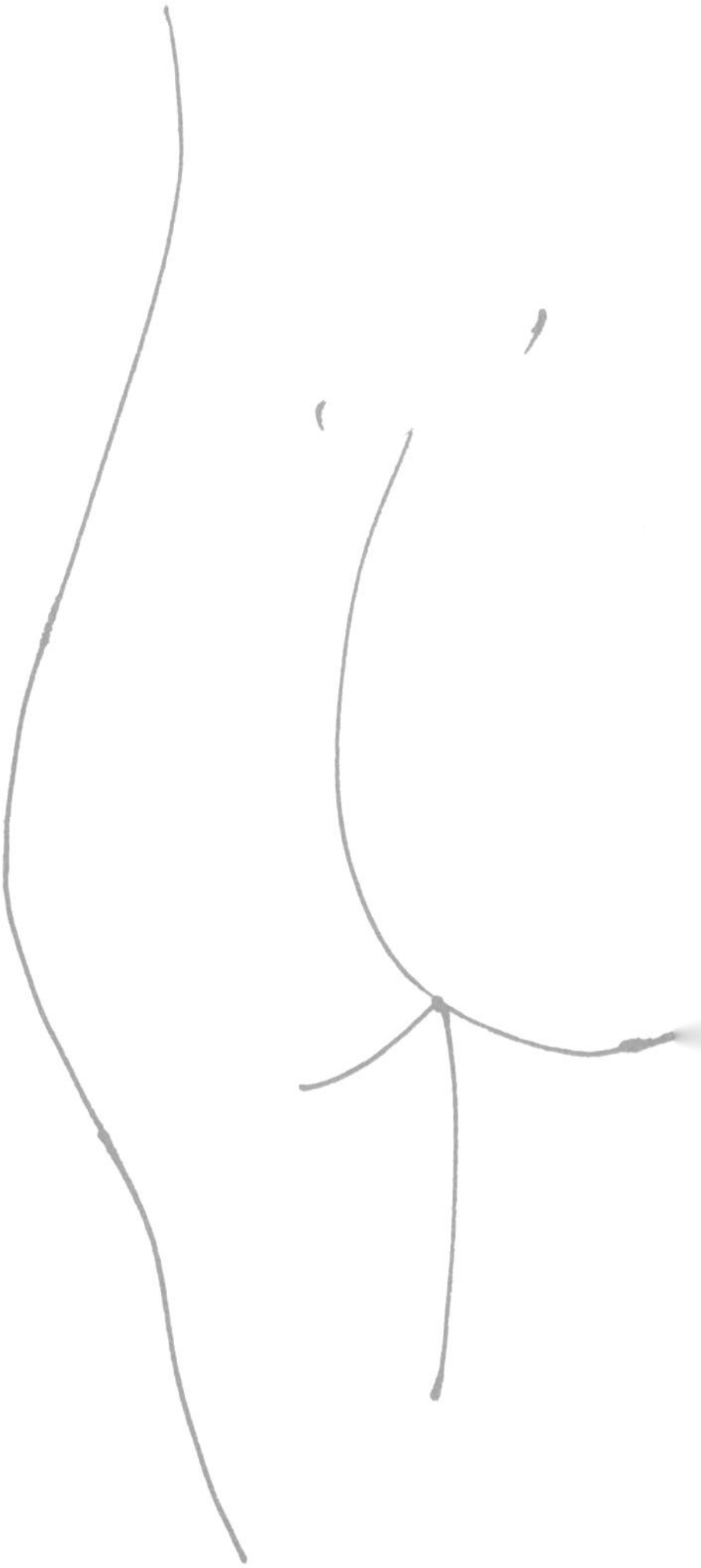

背とは「動物体で地面に向いた面の反対側。
人体ではそれに対応した、頸部から臀部に至る間」
と辞書は言います。
でも背中自身はそんな定義に背を向けて、
「生と死は背中合わせ」と無言で言ってる。

初出

『Coyote』連載「ハダカだから」

No.60（2016年11月15日）〜No.78（2022年11月15日）

19は、本書のための書き下ろしです。

谷川俊太郎

詩人。一九三一年東京生まれ。一九五二年第一詩集『二十億光年の孤独』を刊行。詩作のほか、絵本、エッセイ、翻訳、脚本、作詞など幅広く作品を発表。近著に『ベージュ』、『どこからか言葉が』、『虚空へ』、絵本『ぼく』（絵・合田里美）などがある。

下田昌克

画家。一九六七年兵庫県生まれ。著書に画文集『PRIVATE WORLD』（山と渓谷社）、絵本『死んだかいぞく』（ポプラ社）など。谷川俊太郎との共作として、ボブ・サム著『かぜがおうちをみつけるまで』『恐竜がいた』（スイッチ・パブリッシング刊）がある。

ハダカだから
2023年4月15日　第1刷発行

著者
谷川俊太郎　下田昌克

編集
川口恵子

デザイン
宮古美智代

発行者
新井敏記

発行所
株式会社スイッチ・パブリッシング
〒106-0031 東京都港区西麻布 2-21-28
電話 03-5485-2100（代表）
http://switch-pub.co.jp

印刷・製本
株式会社シナノ パブリッシング プレス


本書へのご感想は、info@switch-pub.co.jp にお寄せください。

ISBN:978-4-88418-614-2 C0092
Printed in Japan